Este livro pertence a

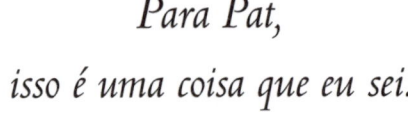

Para Pat,

isso é uma coisa que eu sei.

TÍTULO ORIGINAL *This is a gift for you*

© 2021 by Emily Winfield Martin

Todos os direitos reservados, incluído o direito de reprodução parcial ou total em qualquer formato.

Esta edição é publicada em acordo com Random House Children's Books, uma divisão da Penguin Random House LLC.

© 2022 VR Editora S.A.

As ilustrações deste livro foram criadas com tinta acrílica, guache e lápis de cor.

DIRETOR EDITORIAL Marco Garcia
EDIÇÃO Fabrício Valério
REVISÃO Marcia Alves
DESIGN DE CAPA E MIOLO Nicole de las Heras
DIAGRAMAÇÃO Pamella Destefi

Dados Internacionais de Catalogação na Publicação (CIP)
(Câmara Brasileira do Livro, SP, Brasil)

Martin, Emily Winfield
Um presente para você / Emily Winfield Martin; tradução
nina rizzi. – Cotia, SP: VR Editora, 2022.

Título original: This is a gift for you
ISBN 978-65-86070-92-7

I. Literatura infantojuvenil I. Título.

22-98837   CDD-028.5

Índices para catálogo sistemático:
I. Literatura infantil 028.5
2. Literatura infantojuvenil 028.5
Aline Graziele Benitez – Bibliotecária – CRB-I/3129

Todos os direitos desta edição reservados à

VR EDITORA S.A.
Via das Magnólias, 327 – Sala 0I | Jardim Colibri
CEP 06713-270 | Cotia | SP
Tel.| Fax: (+55 II) 4702-9148
vreditoras.com.br | editoras@vreditoras.com.br

Iª edição, jun. 2022
FONTE Centaur MT Pro 28pt
PAPEL Offset 150g/m²
IMPRESSÃO BMF
LOTE BMF280422

Um Presente Para Você

Emily Winfield Martin

tradução de nina rizzi

VR
EDITORA

Este é um presente para você:

Olha que
coisa tão
pequena e
surpreendente.

Isso é uma coisa evidente:

Os melhores tesouros cabem

Borracha

em um bolso

(ou dois).

Isso é uma coisa
que eu sei:

Se olharmos
o que no mundo
resplandece...

A magia

acontece...

Por isso ofereço a você este mundo
como uma pedra azul da sorte...

O presente de estar só...

E de não estar só.
Mas ficar sempre forte.

O presente do silêncio...

E o presente da gargalhada...

No meio da multidão

sua mão na minha aconchegada.

O presente de *desculpe* quando errarmos.

O presente de cantar uma música
e nos alegrarmos.

O presente de conhecer você
melhor do que ninguém...

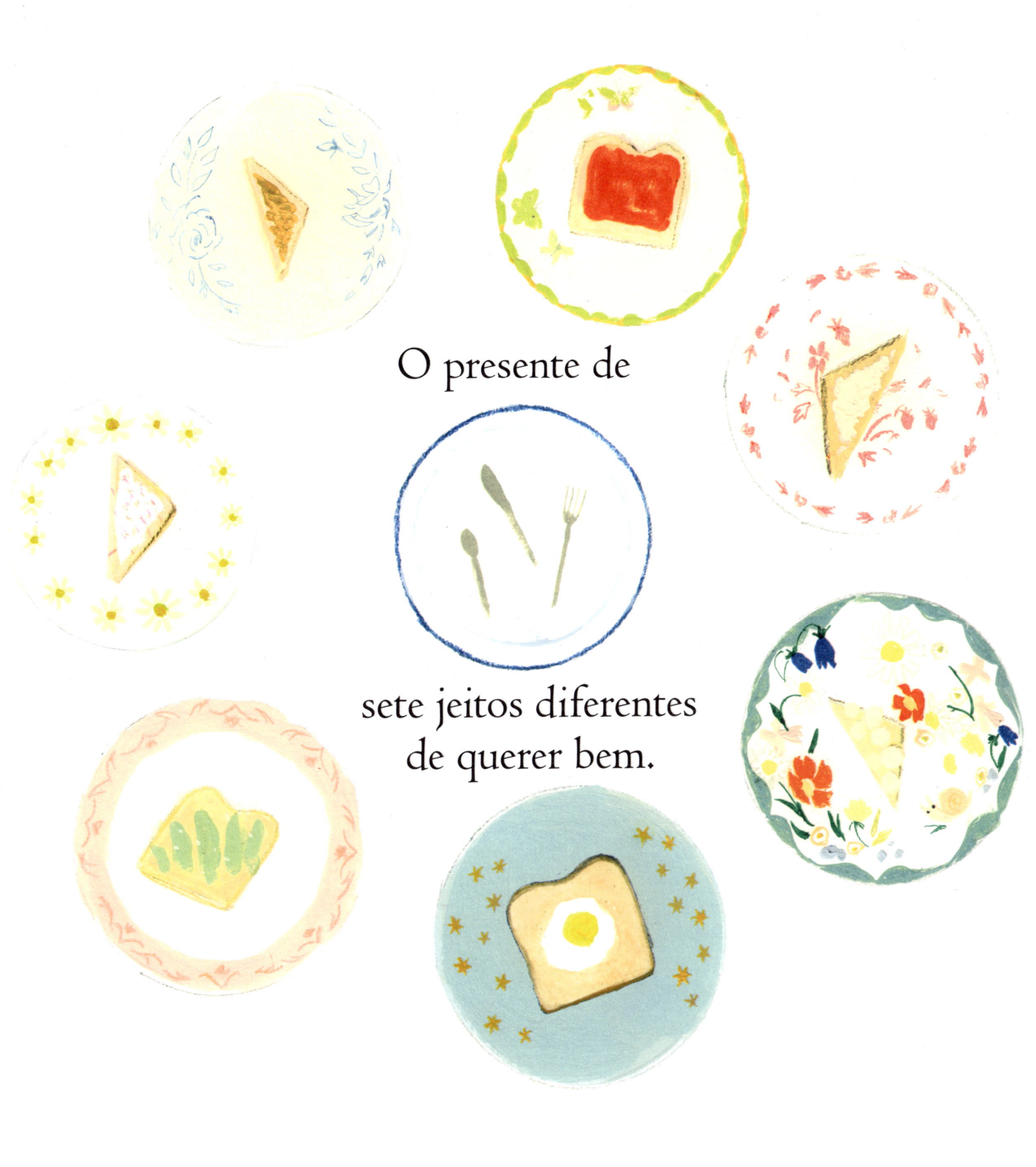

O presente de sete jeitos diferentes de querer bem.

Um lugar para sonhar...

Um lugar para tanta coisa *fazer*.

Um lugar para perfeitamente imperfeitamente *ser*.

Depois de passear o dia inteiro, um lugar quentinho...

E uma luz na escuridão

para dar direção ao seu caminho.

Porque uma coisa é verdade:

Aqueles dias que nunca deveriam acabar, acabam.

Isso é uma coisa que eu sei:

Meus braços estão em um lugar

onde você sempre poderá chegar.

Este é um presente
para você e para mim,
dois seres tão pequenos
nesta pedra azul da sorte.

Eu quero uma eternidade

de momentos assim.

Pois isso
é um presente,
aqui, só você
e eu.